정년이를 사랑해주셔서
감사합니다.
여러분들과 함께한 모든 날들이
저에게 별천지였습니다.
여러분들의 꿈을 응원하겠습니다♡
-최영서-

신예은

'정년이'를 사랑해 주셔서 감사합니다.
저희 드라마와 함께 행복한 시간 보내셨길 바라요♡
우리 매란국극단 과 혜랑이를 잊지 마세요❀

김혜❀

라미란
정년이 사랑해 주셔서
감사합니다.♡

정년이

포 토 에 세 이

일러두기

1. 이 책은 tvN 드라마 〈정년이〉의 연출된 영상물을 바탕으로 원본 대본의 대사를 따랐습니다.

2. 기획의도와 등장인물 소개에 실린 내용은 최효비 작가 시놉시스에서 발췌하였습니다.

3. 드라마의 분위기와 입말을 살리기 위해 맞춤법과 띄어쓰기 원칙을 지키지 않은 부분이 포함되어 있습니다.

4. 극중 대사는 장면마다 화자별로 색상을 달리하였으며, 연기와 소리는 옛서체를 사용했고, 소리 가사는 '⊙' 표기로 구분하였습니다.

5. 이 책에 실린 주요 인물은 당사자와의 소통을 통해 초상권자의 동의를 모두 얻었습니다. 단, 부득이하게 편집상의 이유로 해결하지 못한 부분에 대해서는 추후 초상권이 확인되는 대로 적법한 절차를 진행하겠습니다.

타고난 소리 천재 정년이의 찬란한 성장기

정년이

포토에세이

스튜디오 드래곤 지음

 BIRDBOX

역사 속에 잊혀졌던 여성국극의
짧고 화려했던 전성기에 관한 이야기다

1948년 여성국악동호회가 조직된 것을 시작으로 해서 오직 여성들만으로 구성된
여성국극이란 새로운 장르가 나타났다.
순식간에 대중들의 눈을 사로잡는데 성공한 여성국극은 한국전쟁 때도 그 인기가
수그러들지 않았고, 전쟁이 끝나자 최전성기를 맞게 되었다.
하지만 영화와 텔레비전이라는 새로운 미디어가 인기를 끌기 시작하면서
여성국극의 화려했던 전성기를 너무나 일찍 막을 내리게 되었다.
이젠 그 존재를 아는 사람들조차 많지 않지만 우리 역사 속에서 엄연히 존재했던,
그리고 가히 압도적인 인기를 누렸던 여성국극과 그 배우들, 그녀들의 환호와 좌절,
웃음과 눈물을 다뤄보고자 한다.

정년은 누구에게 정식으로 배운 적은 없지만 소리, 연기 등 타고난 재능이 너무
특출나 여러 사람의 눈에 띄게 된다.
아무 배경도, 가진 것도 없는 정년이 맨땅에 헤딩하듯 하나씩 부딪혀 가며

국극을 배워간다면 영서는 그야말로 성골 중의 성골.

유명한 소프라노 어머니를 둔 영서는 어릴 때부터 국창으로 불리는 스승에게서

소리를 배우고 성장한 엘리트.

자신을 무섭게 추격해오는 정년의 천재적인 재능 때문에 영서는 끊임없이 긴장하고

불안해한다.

정년 또한 자신이 영서보다 간신히 한발 앞섰다고 생각하는 순간,

영서가 두발 앞서가고 있다는 것을 깨닫고 놀라게 된다.

성격, 자라온 배경, 기질까지 하나부터 열까지 다 달라서 정년과 영서는 끊임없이

싸우지만 어느 순간 그들은 깨닫게 된다.

사실 상대가 있어서 자신들이 끊임없이 성장할 수 있었다는 것.

네가 있었기에 내가 여기까지 올 수 있었다는 것.

두 천재의 갈등 서사를 집중적으로 다뤄보고자 한다.

1950년대 후반, 한국전쟁 직후의 서울은 절망 속에서도 일상 곳곳에서 전쟁의

상처를 치유하려는 희망과 생명력 또한 자라나고 있었다.

암울한 시대였지만 지금처럼 그때도 희망은 늘 일상에서 꿈을 꾸며 싹트기

시작했다.

여성국극이 화려하게 꽃핀 때는 아이러니하게도 전쟁이 끝난 직후인 1950년대

중후반. 어둡고 절망의 시절이라 생각한 그때,

꿈을 좇아 뛰어가는 사람들이 있었다.

그 어떤 순간에도 포기하지 않고 꿈을 좇는 찬란한 사람들의 이야기를 써보고자

한다.

비하인드 : 434

만든 사람들 : 444

차 례

윤정년/김태리
19세, 매란국극단 연구생

"엄니 손에 죽을 때는 죽더라도 지금은 하고 잡은 걸 해야겠소"

판소리 천재 소녀. 타고난 음색, 풍부한 음량, 고음과 저음을 자유자재로 넘나드는 넓은 음역대, 사무치는 감정표현까지 그야말로 소리꾼의 바탕을 골고루 다 갖추고 있다. 정년이는 어릴 때부터 소리하기를 좋아했다. 마음먹은 대로 소리가 죽죽 나오는 것도, 사람들이 정년이의 소리를 듣고 반응해주는 것도 다 짜릿하고 기분 좋은 일이었다.

하지만 무슨 이유에서인지 엄마 용례는 정년이가 소리하는 것을 극도로 싫어했다. 정년이 소리를 할 때마다 눈물이 쏙 빠지게 야단을 치고, 종아리에 매질을 하고, 밥을 굶겼다. 그래도 정년이는 소리하는 것이 좋아서 엄마의 눈을 피해 소리를 했다. 거기다 시장바닥에서 소리를 하면 쏠쏠하니 용돈벌이도 되는데 엄마는 왜 그러는 걸까.

그나마 주란만이 정년이에게 따뜻하게 대해준다. 남들이 미워하거나 말거나 타고난 생존본능과 근성으로 버텨가는데, 그런 정년이에게도 도저히 해결 안 나는 사람이 한 명 있다. 바로 운명의 라이벌이 될 룸메이트 영서! 쌀쌀맞고 도도하기가 북풍한설 같은 싸가지 없는 가시나.

영서 본인은 명창 밑에서 정식 루트를 밟아서 온 엘리트고, 정년이는 시장바닥에서노래 부르다 온 애니 상종 못하겠다는 식으로 노골적으로 정년을 무시하는 영서. 열받기는 하지만 영서의 실력이 워낙 출중하니 뭐라고 하지도 못하겠다. 평생 소리라면 자신 있었는데 영서의 소리를 듣고 나서 정년은 움찔 놀랐다. 그래, 잘난 척 할만 하구나…

정년이 자신도 몰랐던 재능이 하나 더 있었으니 그건 바로 연기. 어떤 역할이든 무섭게 몰입해서 보는 사람을 사로잡는 연기를 할 줄 아는 정년, 그 재능이 막 꽃피워 나가면서 영서에게 맞설 다크호스로 급부상해나가려는 찰나, 정년은 단 한번도 생각지도 못했던 난관에 부딪히고 좌절하게 되는데…

허영서 / 신예은

19세, 매란국극단 연구생

"네 상대역인 내 실력이 좋았던 거지,
네 실력이 좋았던 게 아니라고!"

도도한 얼음공주. 절대 먼저 마음 열어 보이는 일 없고, 마음 주는 법도 없다. 자존심과 오만함을 철갑처럼 두르고 힘들수록, 괴로울수록 고개는 더 빳빳이, 그 누구에게도 굽히고 들어갈 수 없다. 국극단 단원들은 영서를 '성골 중의 성골'이라고 부른다.

아버지는 의과 대학 학장에 어머니는 유명 소프라노, 언니 영인 또한 지금 핫하게 떠오르는 소프라노인 부와 명예, 교양을 갖춘 집안이다. 영서 또한 어렸을 때부터 성악을 배웠지만 일찌감치 깨달았다. 성악으로는 언니를 넘어설 수 없다는 것을. 이렇게 언니의 그늘 밑에 평생 있다가는 엄마의 사랑 한번 받아보지 못하고 끝난다는 것을.

하루라도 빨리 엄마의 인정을 받고 싶다는 마음에 영서는 늘 뭔가에 쫓기는 듯한 기분이다. 노래, 춤, 연기 테크닉은 뭐하나 빠지는 것 없이 탄탄한 기본기를 갖추었지만 영서는 자신의 약점을 언젠가부터 늘 의식하고 있었다. 그건 바로 역할에 푹 빠져서 몰입하지 못한다는 것. 무대에 올랐을 때 즐길 수가 없다는 것.

그런 영서의 콤플렉스를 사정없이 자극하는 상대가 바로 정년이다. 기가 막힌 소리 실력도 그랬지만 연기! 정년의 연기를 보고 뒤통수를 한 대 얻어맞는 기분이었다. 마치 맡은 배역과 한 몸이 되어버린 거 같았던 정년의 연기. 자신은 지금까지 한 번도 해보지 못했던 그런 몰입과 집중을, 국극을 이제 막 시작한 정년은 해내고 있었다.

영서는 있는 힘껏 정년을 무시하고 싶지만, 그럴수록 정년의 무서운 재능에 불안해진다. 그리고 미워진다. 내 노력의 무게는 정말 정년이의 타고난 재능 앞에서는 무의미한 것일까? 하지만 영서는 아직 자신의 잠재력을 반의반도 모르고 있다.

강소복/라미란

43세, 매란국극단 단장

"난 안 하겠다는 사람 억지로 붙잡고 가르치지 않아. 아무나 예인의 길을 갈 수 있는 게 아니니까"

서늘한 카리스마의 소유자. 10여년 전, 여성 명창으로 이름을 날리고 있을 때 무슨 여자들끼리 창극을 하겠다는 거냐, 라는 비웃음과 의구심을 뒤로 하고 여성국악인들을 모아서 과감하게 매란국극단을 차렸다. 정기 공연은 물론 전국순회공연, 연구생 공연, 특별 공연 등등으로 쉴 새 없는 일정에, 현재 여성국극단들 중 제일가는 인기를 몰고 다니고 있다. 칼 같은 성격으로 빈말은 절대 하지 못한다.

기면 기고 아니면 아니다. 제자들에게 엄격하지만 그보다 자기 자신에게 더 엄격하다. 답답할 정도로 고지식하고 굽히느니 부러져버리겠다는 대쪽 같은 성격. 그 성격 때문에 시류를 민감하게 따라잡진 못하지만, 또 그 성격 때문에 단원들의 든든한 버팀목이 되어 준다. 국극단 단원들을 아끼고 사랑하지만 잘 내색하지 않는다.

어렸을 때 국창으로 불리던 임진에게서 소리를 배웠다. 그때 같이 소리를 배웠던것이 채공선. 나름 신동으로 불리며 소리에 자신이 있었던 소복이지만 어느 날 갑자기 나타난 공선의 천재성 앞에 자신이 자꾸만 초라해짐을 느낀다. 자신에게 열패감과 절망을 안겨 준 공선을 많이 미워했지만 결국 공선의 재능을 인정하지 않을 수 없었다.

문옥경 / 정은채

34세, 매란국극단 단원

"아시잖아요.
전 지루한 걸 제일 견디지 못해요!"

매란국극단의 남자 주연을 도맡아 하고 있는 현시대 최고의 국극 왕자님. 아니, 황태자님!! 언제나 느긋하고 속을 알 수 없는 포커페이스다. 가장 가까이 있는 혜랑도, 예리한 소복도, 옥경의 속을 완전히 읽어내지 못한다. 국극 배우를 하기 전에는 기생이었다. 아편 중독이 돼서 아편굴을 전전하며 헤매고 있을 때 평소 옥경의 재능을 눈여겨보던 소복이 국극이란 걸 해보지 않겠냐고 제의했고 옥경은 그 길로 아편을 끊고 국극에 매진했다.

가마니로 돈을 쓸어모은단 소문이 있을 정도로 옥경은 국극 배우로 대성공하고 숱한 여성 팬을 몰고 다니게 된다. 옥경 때문에 가출은 기본, 자살 소동을 벌이는 여성 팬이 여럿이었고 심지어 가짜라도 좋으니 결혼식을 올려달란 팬의 간청에 결혼사진을 찍는 소동까지 있었다. 그녀의 무대를 본 사람들은 옥경이 여자란 사실이 생각이 안 난다고 할 정도로 남역을 기가 막히게 소화해낸다.

특히 섬세한 멜로 연기에 능해서 여성 관객들은 옥경의 상대역이 자신이라고 상상하며 무대를 보았고, 옥경의 눈빛, 손짓 하나에도 설레하며 어쩔 줄을 몰라했다. 빼어난 연기력과 스타성으로 국극 최고의 스타로 군림하고 있지만 옥경은 어느 순간부터 끝없는 권태와 허무함을 느낀다. 반복되는 레퍼토리와 비슷비슷한 캐릭터, 거기다 라이벌도 없어서 더 이상 그 무엇에도 자극을 받지 못하는 옥경은 국극에 매력을 느끼지 못하게 된 것. 옥경의 큰 적은 바로 그놈의 권태였다.

익숙하고 안정되면 지루해졌고, 지루해지면 숨이 막혔다. 사람이든, 국극이든 흥미를 잃은 상대에게는 더 이상 미련 두지 않고 바로 돌아서서 떠나버리는 냉정한 면을 갖고 있다. 국극단에서 유일한 흥미를 끄는 존재인 정년에게 지대한 관심을 갖고 있다. 정년을 만나고 오랜만에 심심하지 않은 옥경이다. 언젠간 정년이 자신의 왕자 자리를 넘볼 수 있게 되길 기대하며, 정년에게 국극이란 별천지를 열어준다.

서혜랑 / 김윤혜

34세, 매란국극단 단원

매란국극단의 여자 주연을 도맡아 하고 있는 매란국극단의 공주님. 춤에 있어서 타의 추종을 불허하는 실력을 갖고 있으며 우아하고 나긋나긋한 자태를 지녔다. 눈치가 빠르고 교활할 정도로 머리가 잘 돌아간다. 옥경과 함께 같은 기방에 있었으며 옥경이 국극단에 들어가자 그녀도 기방을 나와 국극단에 들어갔다.

그 당시 옥경처럼 국극을 간절하게 하고 싶어 했다거나 포부가 있진 않았지만, 그녀도 예인으로서 재주를 갖추고 있었기 때문에 빠르게 국극 배우로 커나갈 수 있었다. 지금 국극이 그녀에게 의미가 있는 것도 옥경과 함께 있을 수 있기 때문이다. 옥경이 없는 매란국극단은 혜랑에게 있어서 빈 껍데기일 뿐이다.

그러니 매란국극단의 주연은 언제까지나 옥경과 자신이어야 하며 그 누구도 옥경과 자신의 자리를 위협할 수 없다. 조금이라도 옥경에게 위협이 될 만한 재목이다 싶으면 경계하고 은밀하게 밟아버린다. 요즘 들어 옥경의 눈이 한번씩 공허하게 빛을 잃어갈 때마다 가슴이 덜컥 내려앉는다.

영서의 약점과 한계를 빠르게 눈치채고 그녀가 옥경의 자리를 위협하지 않을 거라고 판단해 겉으로만 영서를 밀어주는 척한다. 정년 또한 뚜렷한 한계점 때문에 커나가기 쉽지 않을 거라고 판단하지만 옥경이 정년을 재밌어하고 관심을 보이는 것이 마음에 들지 않아 본능적으로 경계하고 질투한다.

홍주란/우다비
19세, 매란국극단 연구생

내성적이고 소심한 듯 보이지만 한번 마음먹으면 주위를 놀라게 할 정도로 용감하고 강단이 있다. 고생할 부모님과 폐병이 있는 언니가 눈에 밟히지만 국극을 하고 싶다는 욕망이 죄책감을 이겼다. 국극단에 들어오기는 했는데 촛대 신세에서 벗어나지는 못한다. 그래도 열심히 하다 보면 언젠가 혜랑처럼 국극단의 여역이 되는 날도 오겠지, 감히 그런 한 가닥 소망을 가슴 한 켠에 품고 열심히 연습하는데 어느 날 정년을 만나게 된다.

서용례/문소리

정년의 엄마

남편을 잃고 혼자 정자, 정년 자매를 키우고 있는 과부로 억척스러운 생활력을 가졌다. 자식 새끼들 배곯지 않을 수 있다면 생선 파는 일이든, 물질이든, 삯바느질이든 못할 일이 없다. 빠듯한 살림에 늘 치이다 보니 마음의 여유가 없어 딸들에게 겉으로는 무뚝뚝하지만 속정이 깊고 딸들을 사랑한다.

인물관계도

라이벌

· 윤정년 ·

· 허영서 ·

스승

옛 친구

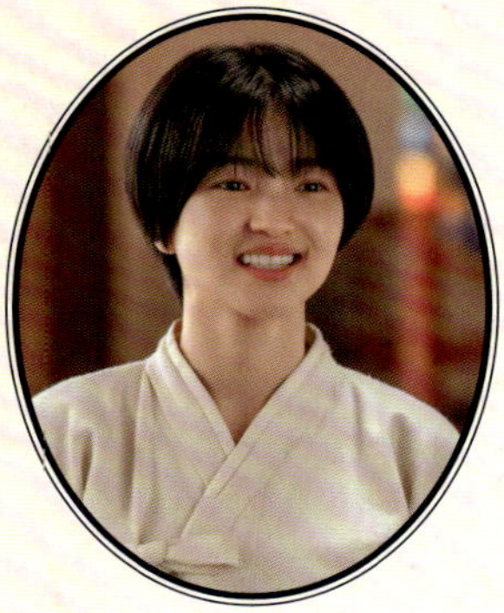

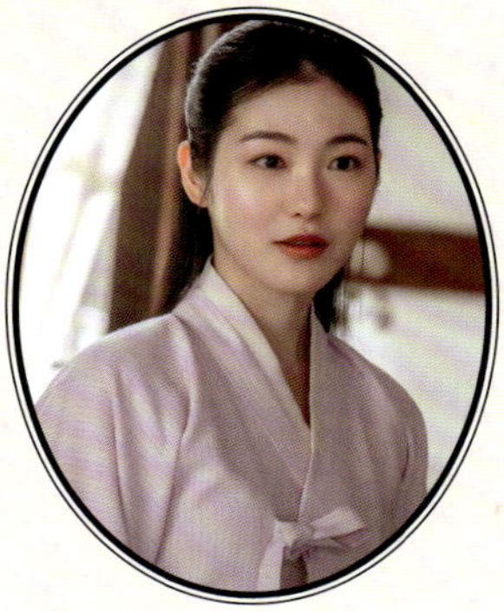

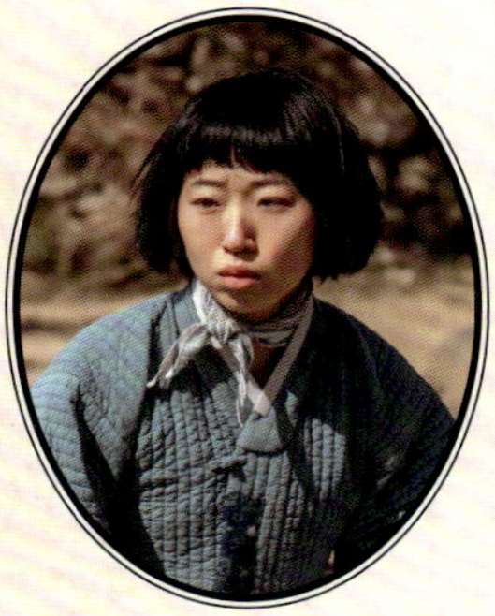

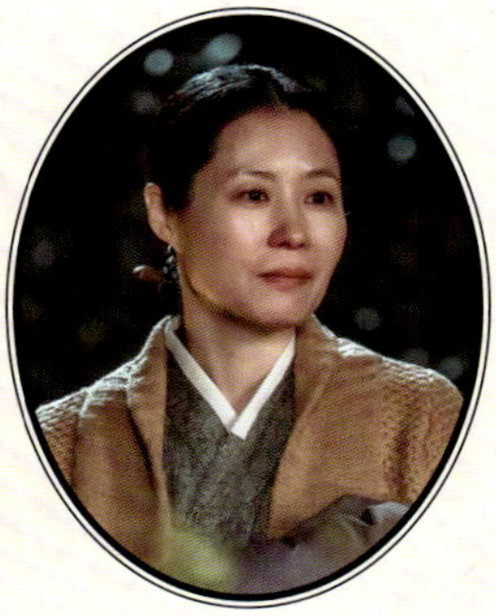

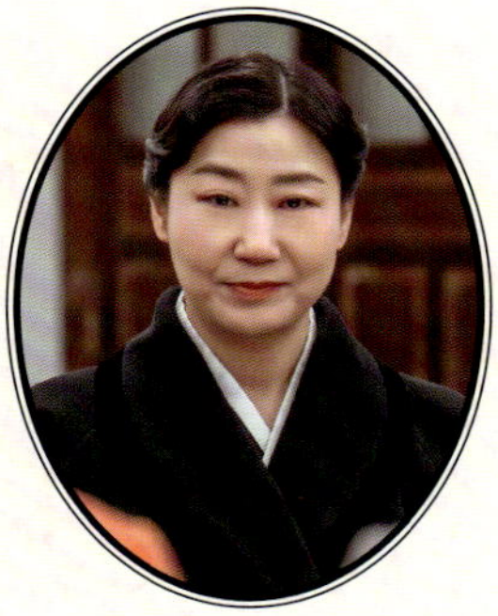

· 윤정자 ·
정년의 언니

· 서용례 ·
정년의 엄마

· 강소복 ·
단장

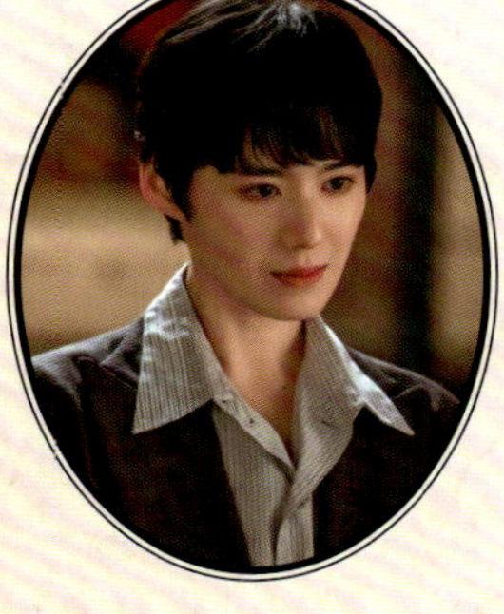

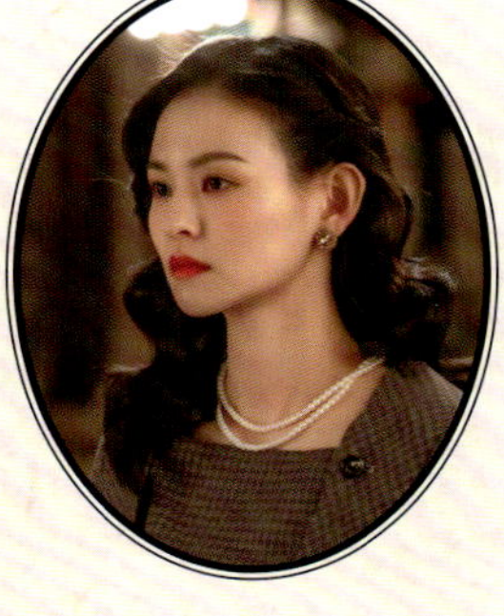

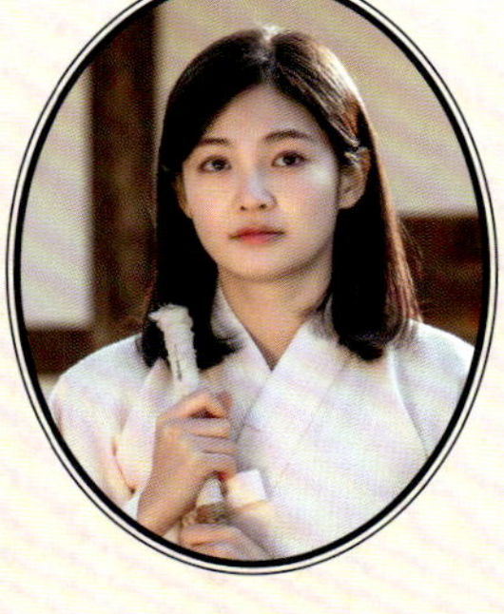

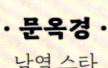

· 문옥경 ·
남역 스타

· 서혜랑 ·
여역 스타

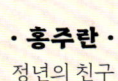

· 홍주란 ·
정년의 친구

타고난

소리 천재

◉

남원산성 올라가
이화 문전 바라보니
수진이 날진이 해동청 보라매
떴다 봐라 저 종달새

◉

석양은 늘어져

갈매기 울고

능수버들까지 축 늘어진데

꽤꼬리는 짝을 지어

이 산으로 가면

꾀꼬리 수리루

남원산성 말고 다른 곡을 들어보고 싶은데.
그냥 네가 자신 있는 거 아무거나.

그람 춘향가에서 한 대목 불러드리것소.

◉

갈까부다
갈까부다
님 따라서 갈까부다
바람도 수여 넘고
구름도 수여 넘는
수진이 날진이
해동청 보라매

국극이란 게 머신디 돈을 그라고 잘 분지
내 눈으로 똑똑이 봐야 쓰것어.

정녕 태평성대인가?
위에서는 한나라가 들이쳐 오고
동에서는 낙랑국 견제해 오니
내 나라 신세 가련타

◎

위에서 한나라가
벌컥 들이치고
동에선 낙랑이 비켜들어오니

내 나라 신세 가련하다
폭풍우 지동치듯 불어오고
동풍에 궂은비가 퍼붓는디

이 어찌
말인가!

우리는 어찌하여 적으로 만났는고

사랑을 알았지만 내 것이 아니로구나

오디숀에서 뭘 본디요?
세 가지야. 노래, 연기, 춤

돈 벌고 싶으면 빨리 연습부터 해.

난 네가 우리 국극단에 들어와서
계속 날 재밌게 해줬으면 좋겠어.

문 닫아 걸어라.

저도 매란국극단 입단시험 보러 왔는디요!

이름은?

윤정년이어라!

돼브렸어요!

결국 해냈구나.
내 자리를 위협할 정도로 빨리 커.
할 수 있지?

산천은 험준하고
수목은 총잡헌디
만학에 눈 쌓이고
천봉에 바람이 칠 제
앵무 원앙이 그쳐지고
화초목실 바이 없어

◉

이 산 저 산
꽃이 피니
분명코 봄이로구나
봄은 찾어 왔건마는
세상사 쓸쓸허드라
나도 어제 청춘일러니
오날 백발 한심허구나

내 청춘도 날 버리고
속절없이 가버렸으니
왔다 갈 줄 아는 봄을
반겨 헌들 쓸 데 있나
요란해도 제 절개를
굽히지 않는 황국 단풍도

난 윤정년.
넌 허영서라고 하제?
실력을 겨루게 돼아꼬
참말로 영광이여.

실력 한 번 겨뤘다고
시장바닥에서 노래 팔다
온 너랑 동급이라고
생각하지 마.

뭐든 상관없다는 거지?
방자역을 맡아.

촛대든, 머든 좋으께
무대에 서게 해주십시요.

방금 네가 한 연기가 방자라는 거야?

그럼 방자지, 향단이여?

자! 도련님.
이것이 제가 아까 말씀드린
그 삼남에서 제일가는
광한루올시다

어떻소?
미상불 자알 지었지요?

⊙

새털벙치 궁초 갓끈
맵씨 있게 달아 쓰고
성천 동우주 접저고리
삼승버선, 육날신에
주시 빌어 곱들 매고
청창 옷 앞자락을
뒤로 자쳐 잡어 매고
한발 여기 놓고 한발
저기 놓고
충 충 충충거리고
건너간다

큰 역할 준다고 덥석 문
네가 멍청한 거지.

인자부터 두 눈
똑또기 뜨고 바라이.
내가 뭘 어뜨게
해내는지.

너, 윤정년 쫓아내겠다고 아예 공연까지 망칠 셈이니?

방자역 제가 할 거니까요.

너 설마 1인 2역을 하겠다는 말이야?

자! 도련님 이것이
제가 아까 말씀드린
그 삼남에서 제일 가는
광한루올시다

이게 정년이가 찾은 방자구나.

살려주오
살려주오

암행어사 출두하옵신다
출두여!

어쩌면 윤정년은 내가 상상한 이상으로
더 큰 배우가 될지도 몰라.

너도 이미 허영서의 한계에 대해
잘 알고 있을 텐데
거기에 대해서는 말을 안 한다는 거야.

지금은 역시 영서 실력이
제일 출중해.
이건 부정할 수 없는 사실 아니야?

착각하지 마.
무대 망치기 싫어서 내가
너한테 맞춰줬던 거야.

이야, 허영서
대련에서 날 이긴 사람은
단장님밖에 없었는데.

누군가 내 자리를
위협해 주기를
정말 설레면서
기다리고 있어.

네 딸 소리하는 거
제대로 들어본 적은 있니?

◎

울음을 울고 가니
심황후
반기 듣고
기러기 불러
말을 한다
…

네 목소리
네 고집까지
정년인
널 너무 닮았어.

◉

사공의 뱃노래
가물거리면
삼학도 파도 깊이
스며드는데
부두의
새악시
아롱 젖은 옷자락
이별의 눈물이냐
목포의 설움

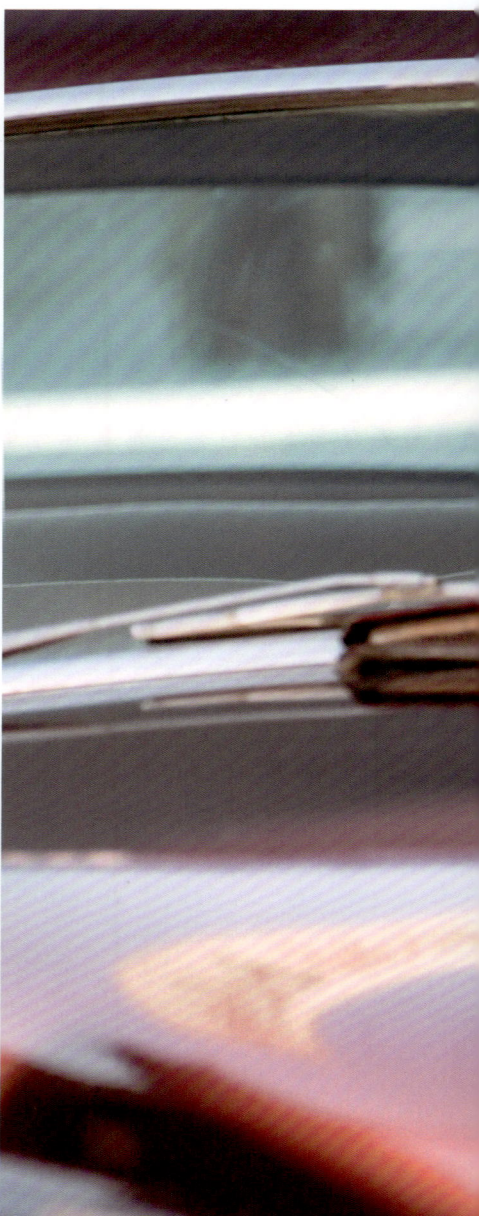

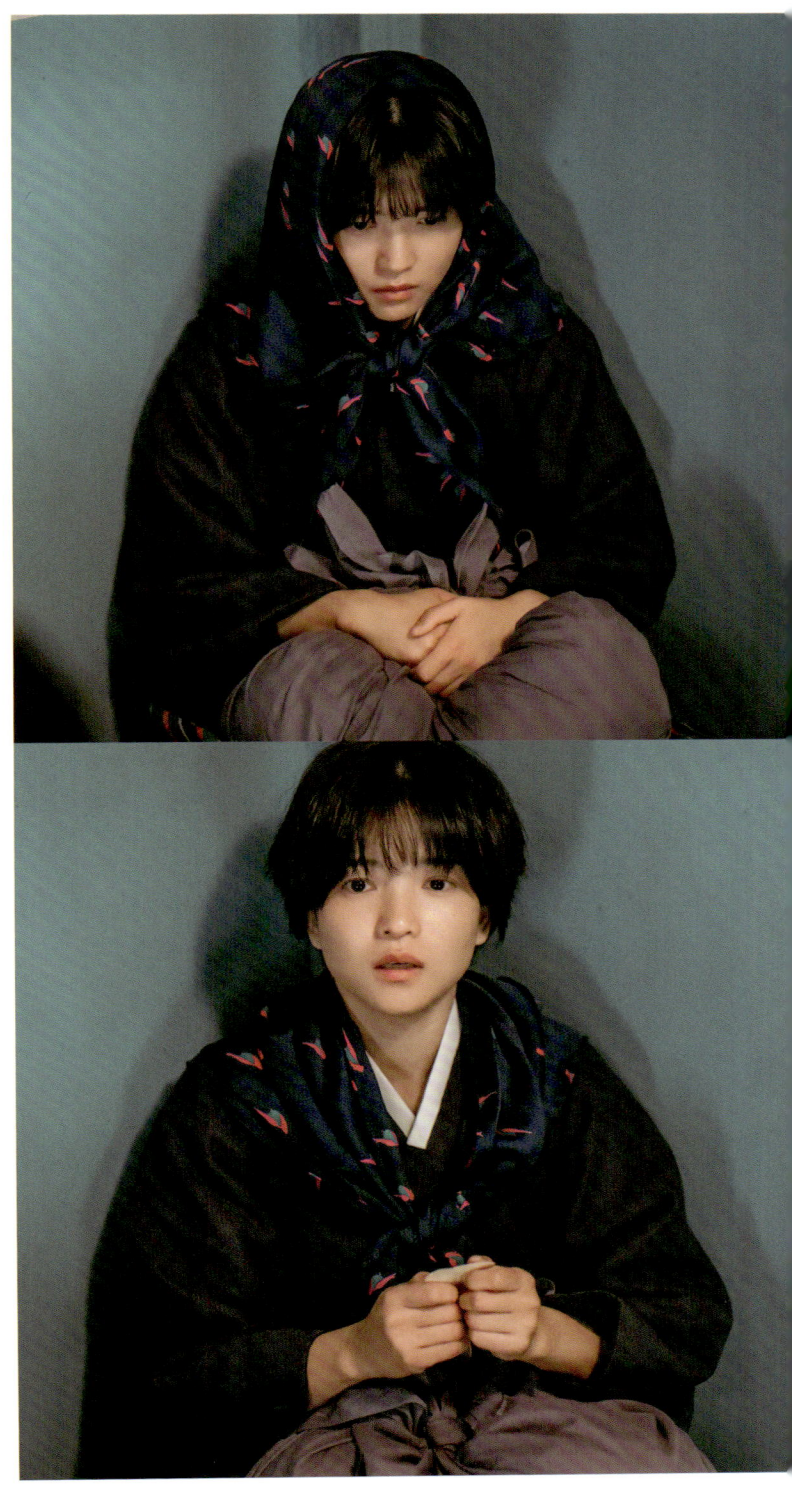

절 가수로 키워주실랍니까?

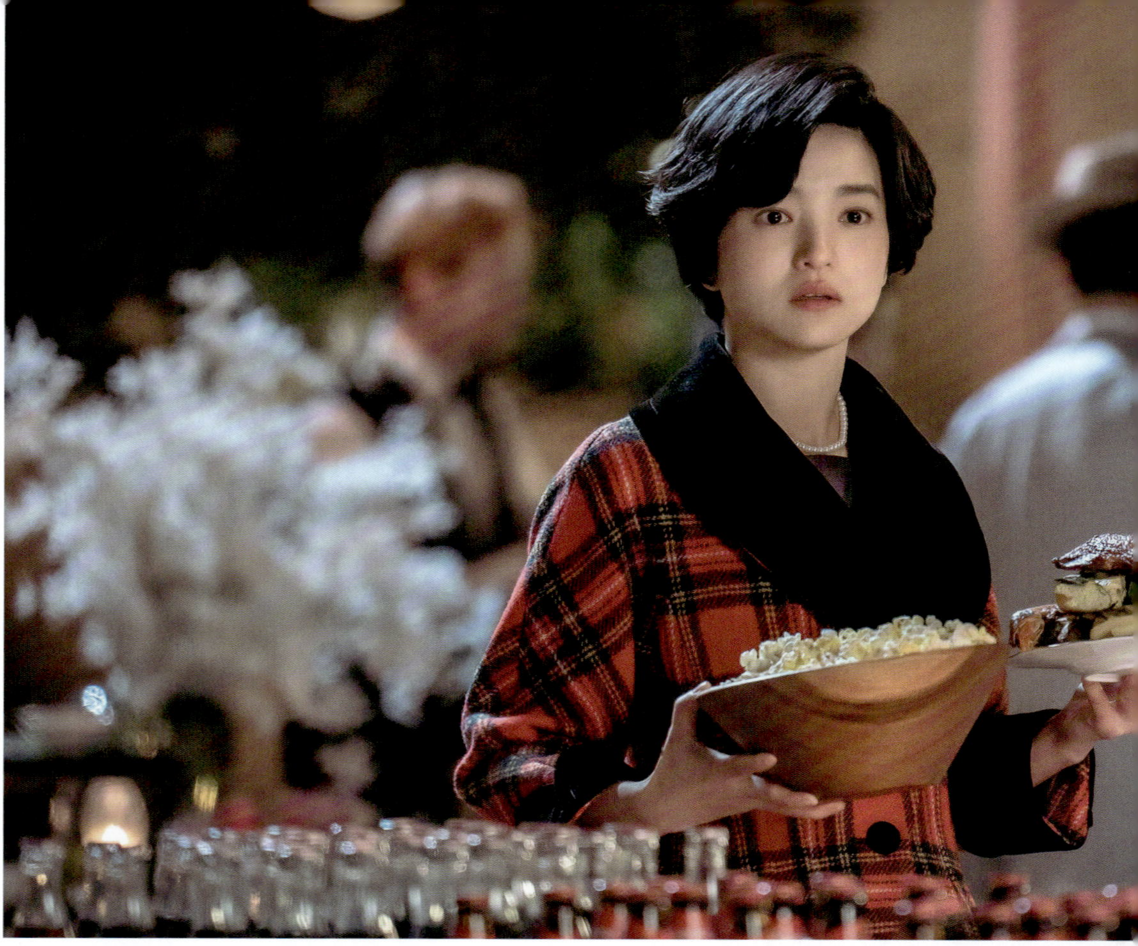

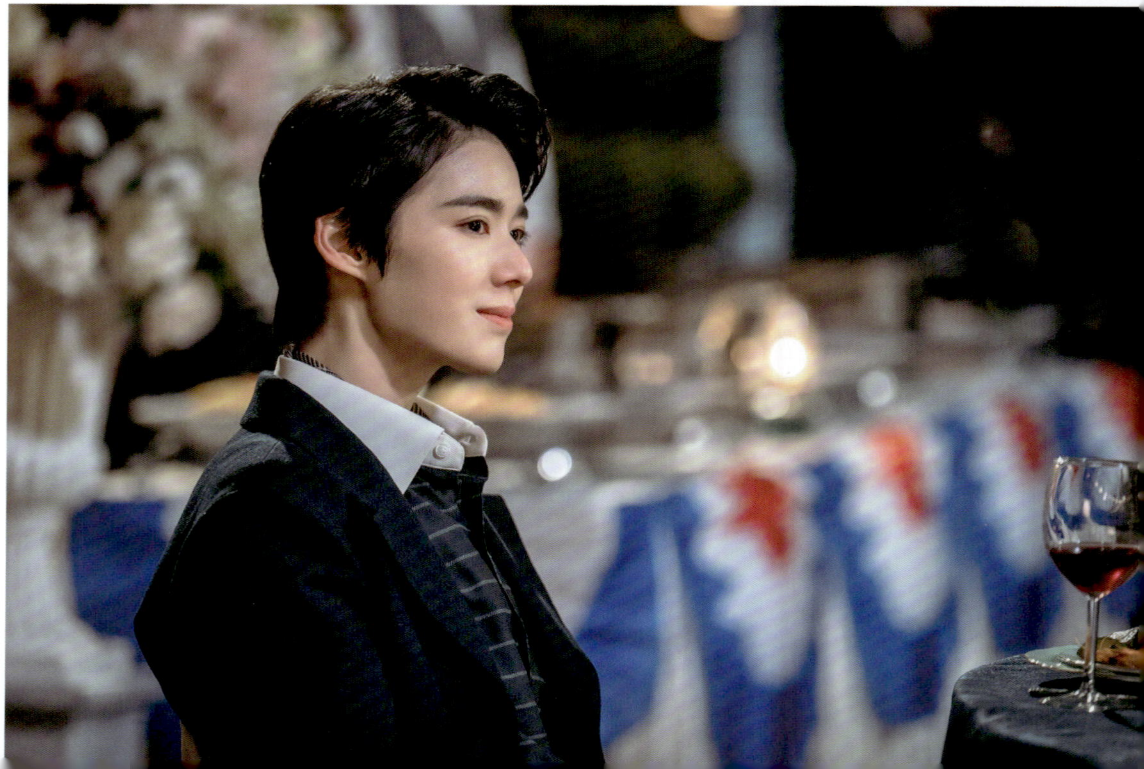

국극에서는 마음 뜬 거야?
난 네가 너무 멀리 가지
않았으면 좋겠는데.

남의 말 엿듣는
못된 버르장머리까지 있는 줄은 몰랐네?

앞으로는 나도
당한 만큼 너한티 고스란히 갚아줄 거여.

◉
해가 저무는
목포항
사랑 찾는
항구의 청년

내 무대 내 마음대로 모다는 거믄
나도 때래칠라요.

결국 사고를 치네요.

네 어머니를 방송에 출연시키든가,
아님 위약금을 물어내든가!

그 위약금이 얼맙니까.

아직도 국극을 하고 싶니?

예! 하고 싶어요.
정말… 하고 싶어요.

스스로를 괴롭히지 마라.
내가 너한테 바라는 건 단 하나.
도중에 꺾이지 말고
끝까지 네 갈 길을 가라는 거야.

제 2 막

노래, 연기, 경쟁 그리고 꿈

저 가시나 나보고 열심히 안 한다고 썽질 낸거여?

그런 나약한 마음가짐으로는 해봤자 떨어질 거야.

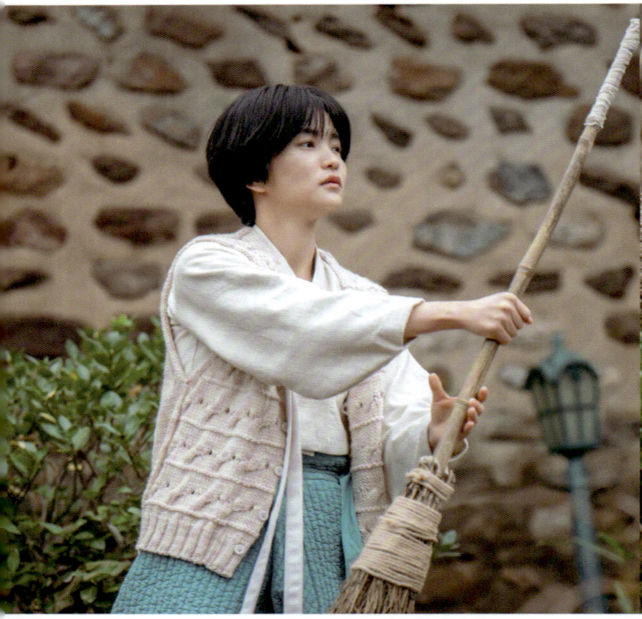
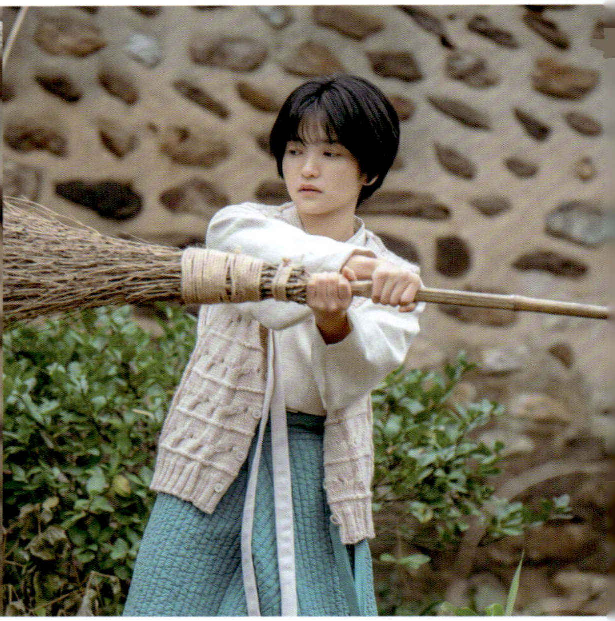
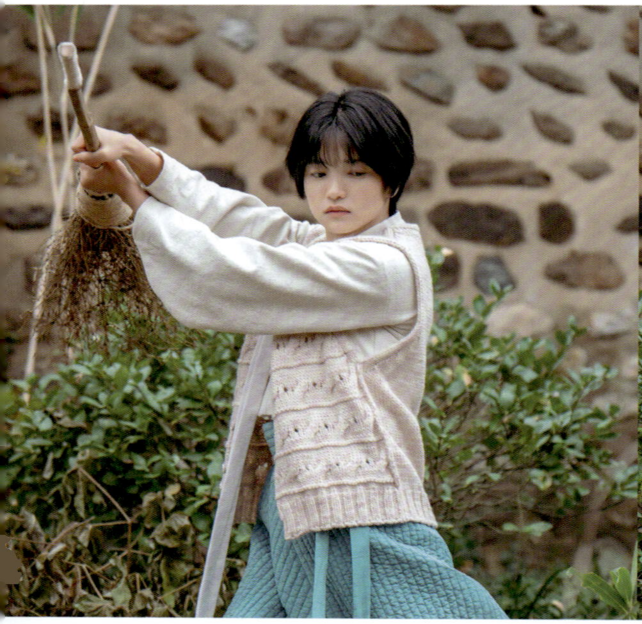
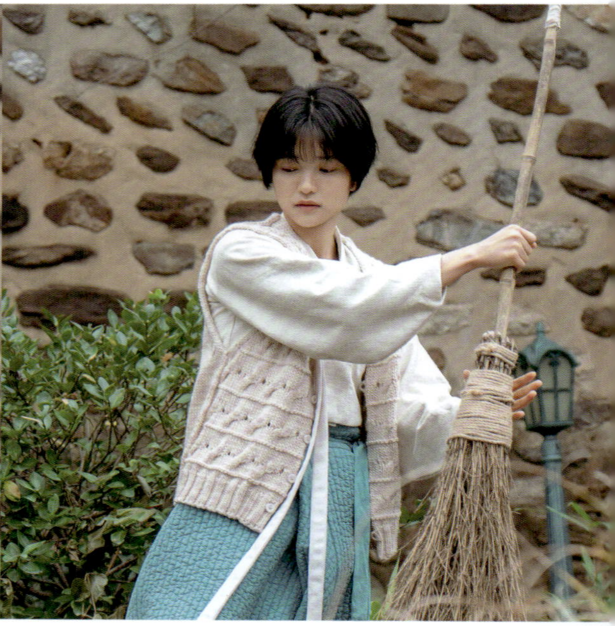

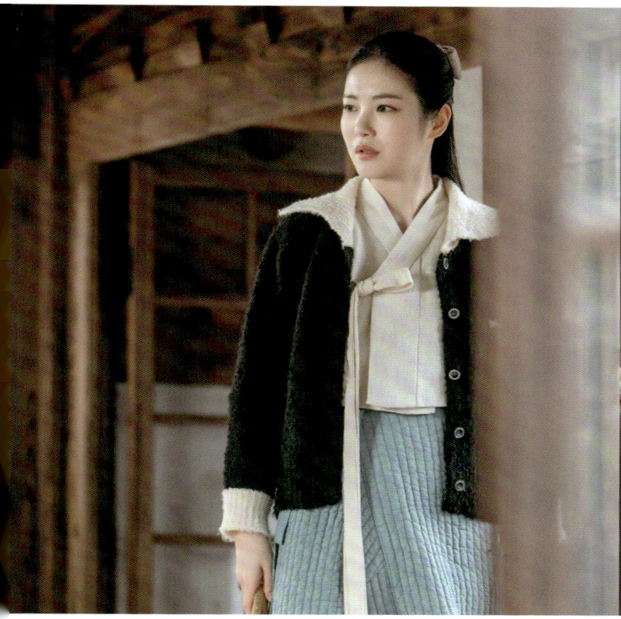
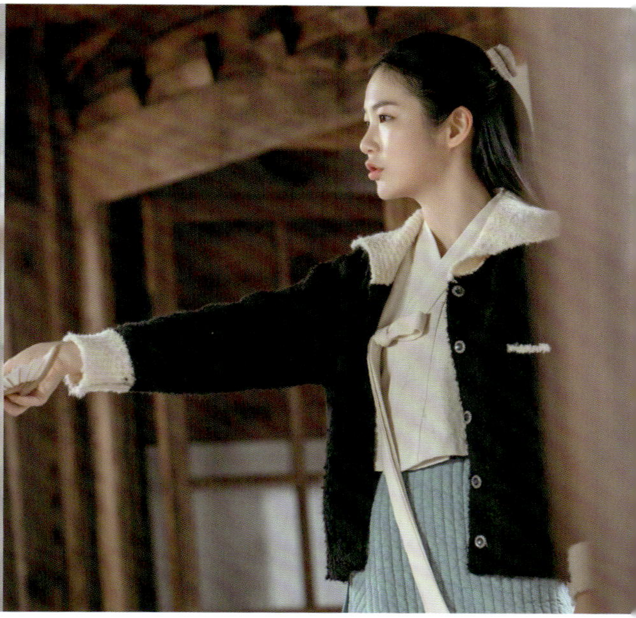
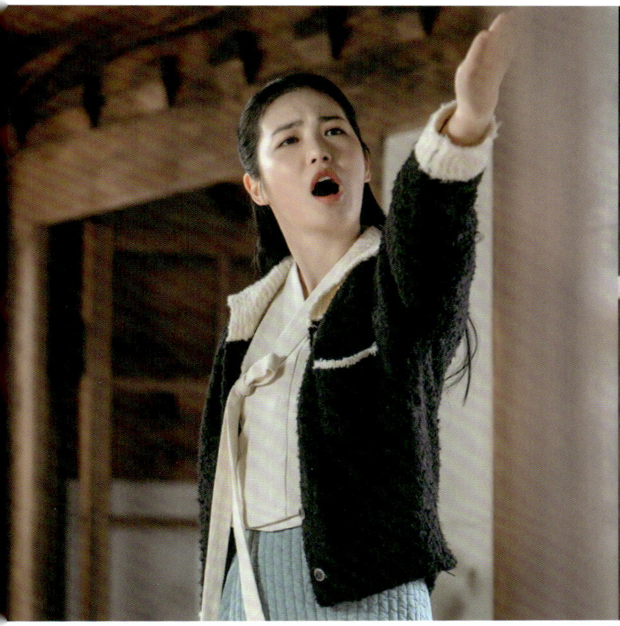
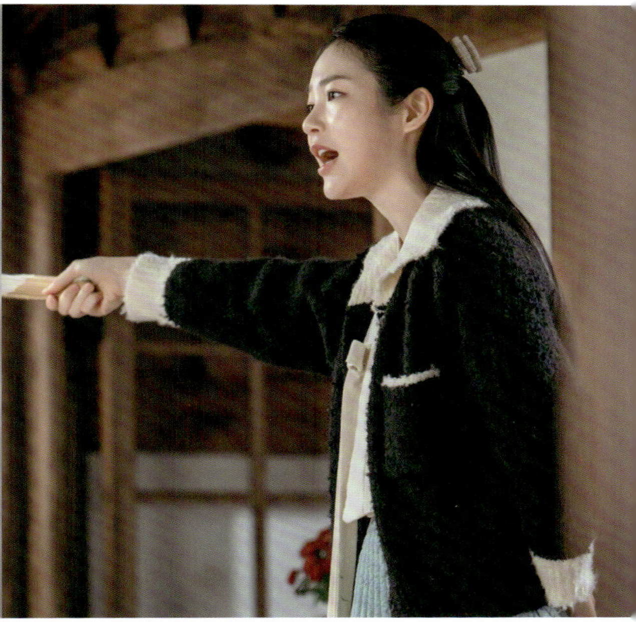

오늘도 어여쁘구나.
목련이 없었더라면
널 첩으로 들였을지도

구슬아기여,
목련과 호동이 혼인한다는
소문을 들었는가?

조금만 기다려,
곧 네 주제 파악 하게
해 줄게.

주제 파악을
누가 하게 될지.
길고 짧은 건
대봐야 알제.

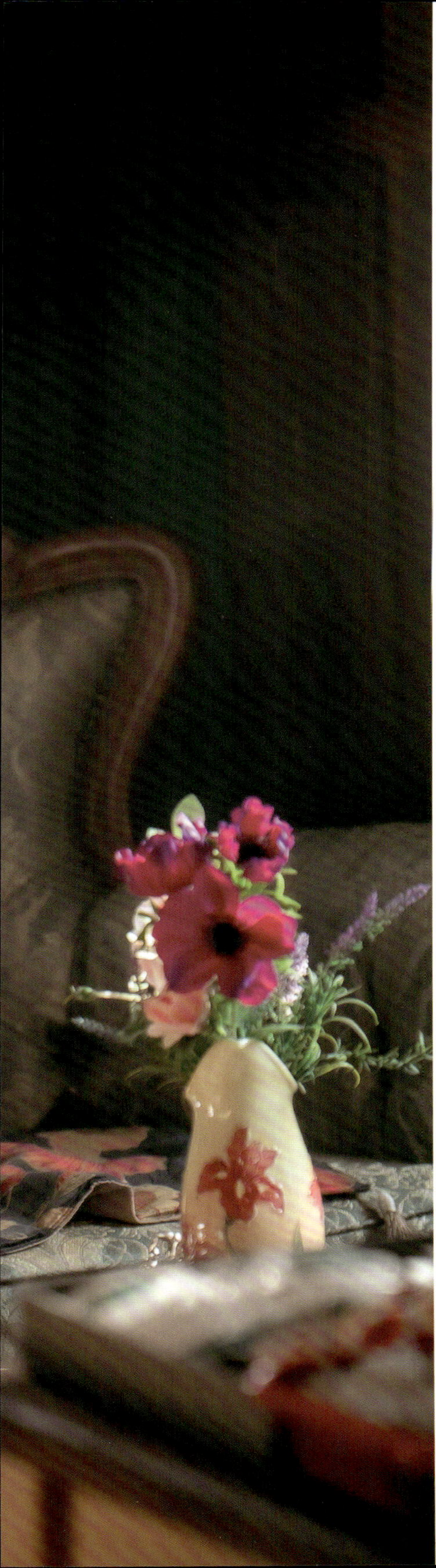

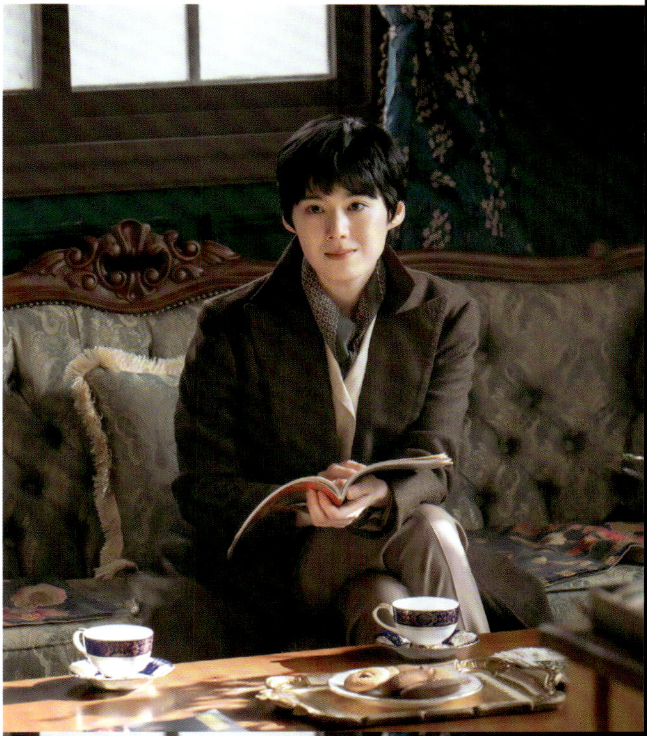

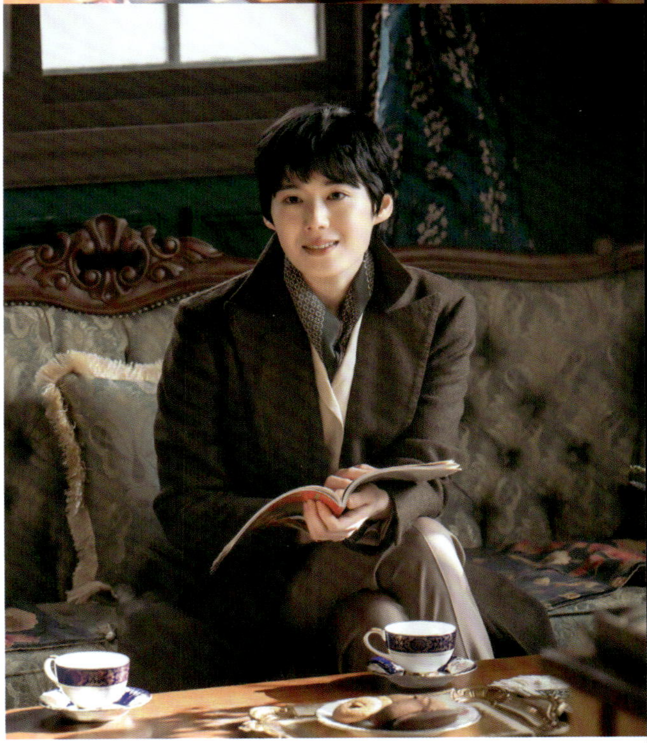

정년이가 소품 창고에 밤새 갇혀 있었대.

설마 누가 일부러 가두기까지야 했겠어?

그래, 그런 건 아니었으면 좋겠어.
진짜 누가 가둔 거라면 슬플 거 같거든.

듣기로는 수습도 모단 군인들 시신이
아직도 전쟁터에 그대로 묻혀 있다든디요.

누굴까 그 사람 낙랑의 공주
자명고 지킨다는 적국 낙랑의 공주
내 나라 고구려의 강산
무참히 짓밟은 원수 놈들
응당 값을 치르리라!

오늘날 손잡은 우리
월하의 연 맺음이
어떠하오?

호동과 목련이
혼인을 약속해?
아니 된다.
고구려와 낙랑은
앙숙이어야 하거늘
둘이 티격태격 싸워서
힘이 빠져야 우리
대 한나라가 꿀꺽
집어삼키지 않겠는가

가련한 구슬아기
어여쁜 구슬아기!

나는 목련을, 너는
호동왕자를 원하고 있지 않느냐
밀서만 전하면 두 사람은
결코 혼인할 수 없다

◉

나는 남의 오대 독신으로
열일곱에 장가들어
근 오십 다 되어서
슬하 일점 혈육을 얻어
오순도순 살아갈제
뜻밖의 급한 난리
낙랑 땅 백성들아
고구려로 싸움 가자
나오너라 외난소리
아니 올 수가 없더구나

오늘 관객들은 공연을 본 게 아니었어.

그냥 윤정년이 활개치고 다닌 걸 본 거였어.

구슬아기 네가 하겠다고 해.

아직 내가 준비가 된 건지도 모르겠어.

구슬아기,
내 너의 노고를 절대 잊지 않겠노라.

저 아이 순발력이라면 할 수 있어.

저더러 주인인
호동왕자를 배신하고
당신과 손을 잡으란
말이옵니까?!

노래, 춤, 연기에서
최고의 자질을 갖춘 단 한 사람만이
그 왕좌에 올라가서
새로운 왕자가 될 수 있다.

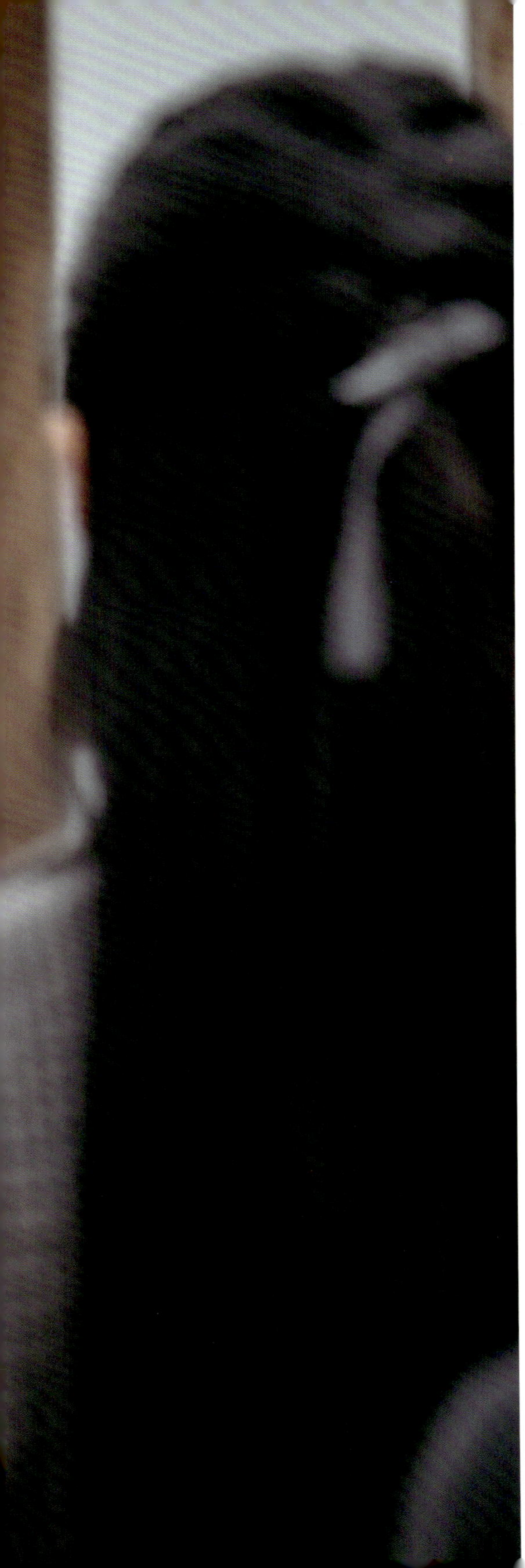
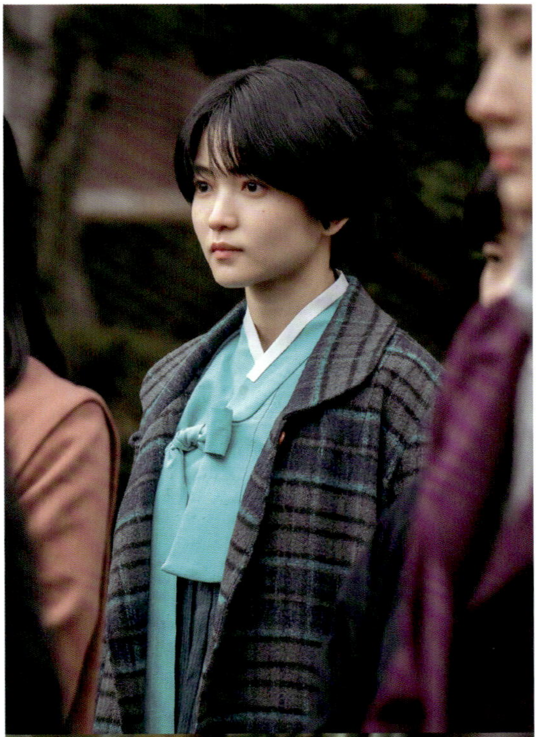
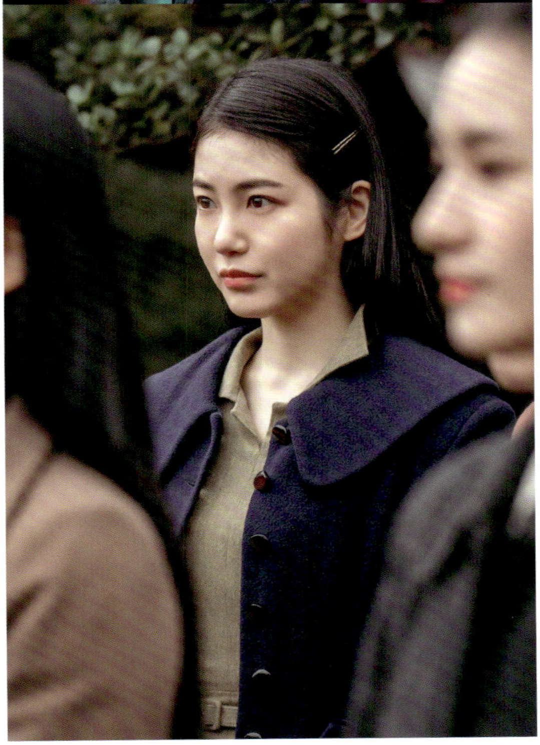

왜 내가 아니고 영서냐?

난 네가 무서워.

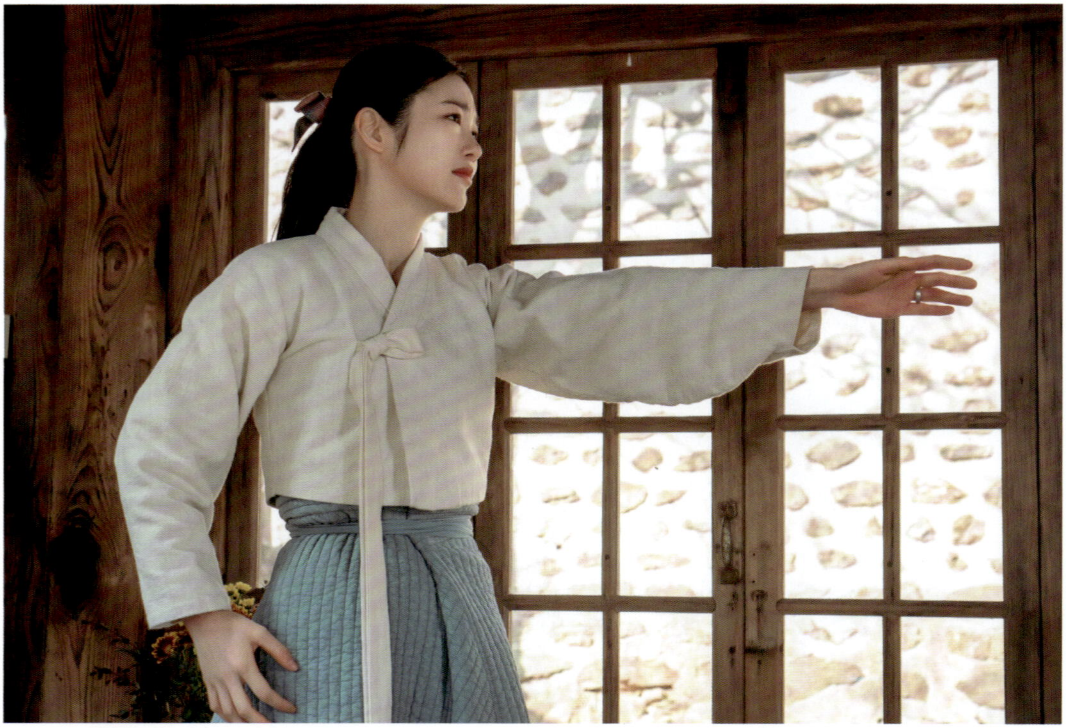

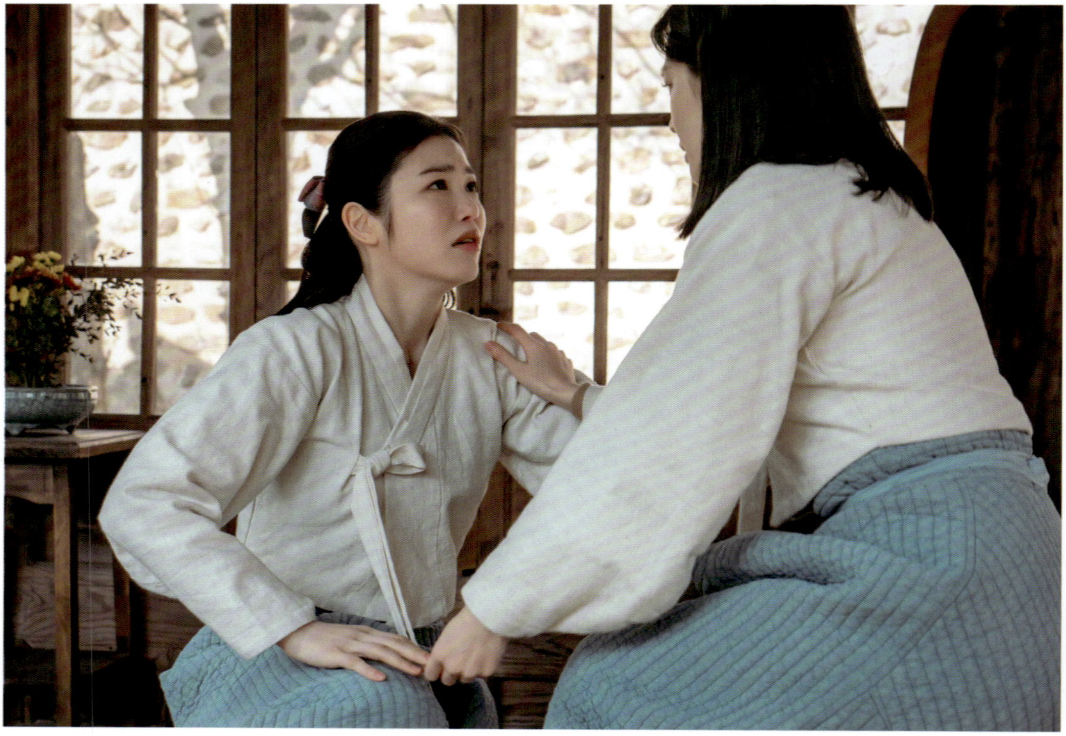

이러다 영서한테 밀리면
영영 끝이다, 너?

◉

어서 오오 어서 오오
애기님을 기다리리다

이게 무슨 미련한 짓이야!

◉
어서 오오
어서 오오

강소복

대동강 잠룡이 되어
둔한 머리를 깨치고
삼수갑산 범이 되어
용맹무쌍 떨치어
애기님을
기다리리다

제3막

찬란한 성장

의사 선생님께 들었지?

잘 쉬고 약도 잘 챙겨 먹으믄 금세
좋아지고 그러던디요?

한 번 부러진 목을 뭔 재주로 고쳐내.

소리는 포기해야 됩니다.

합동공연 끝나고 나가라뇨?

계속 이런 식으로
옥경이 껍데기나 잡고 살래?

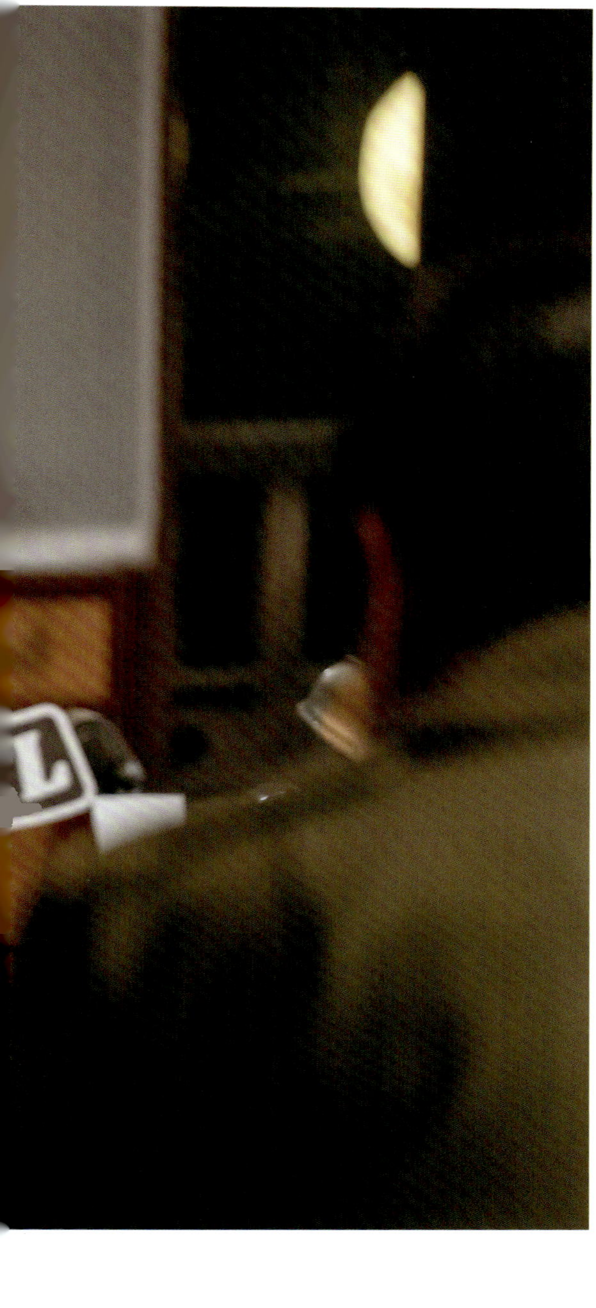

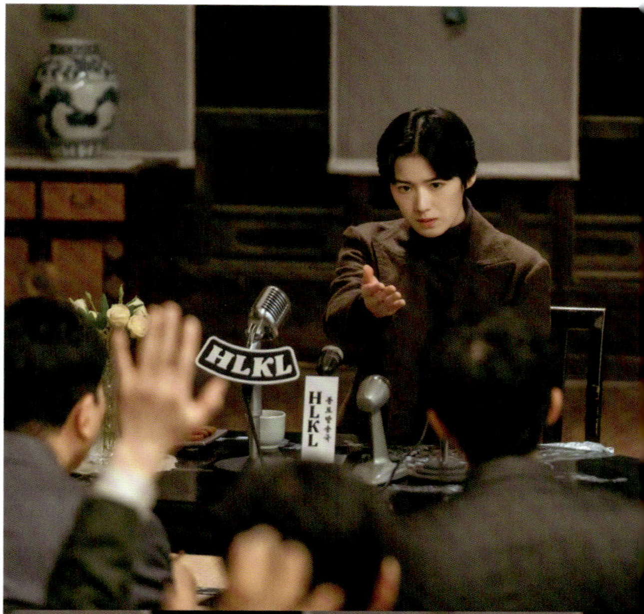
HLKL
HLKL

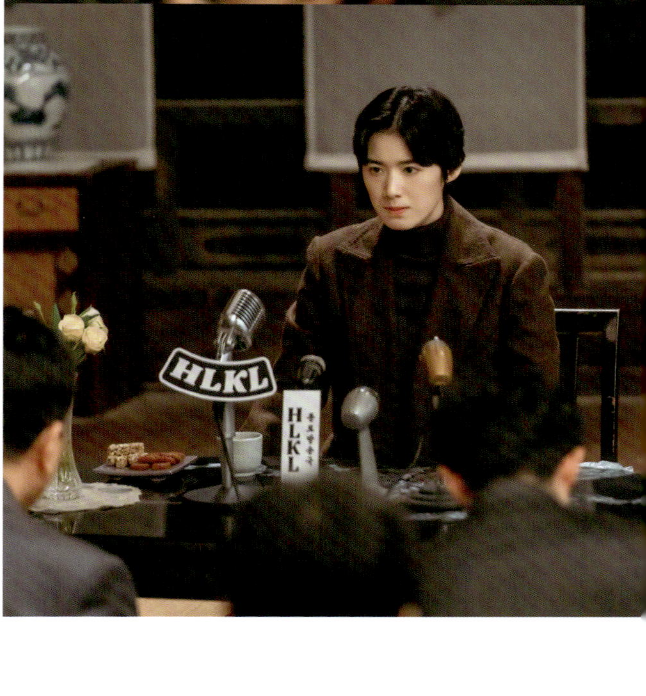
HLKL
HLKL

정년인 소리 안 하고는 못 살아.

네가 델꼬 가게 내가 가만 놔둔다든?

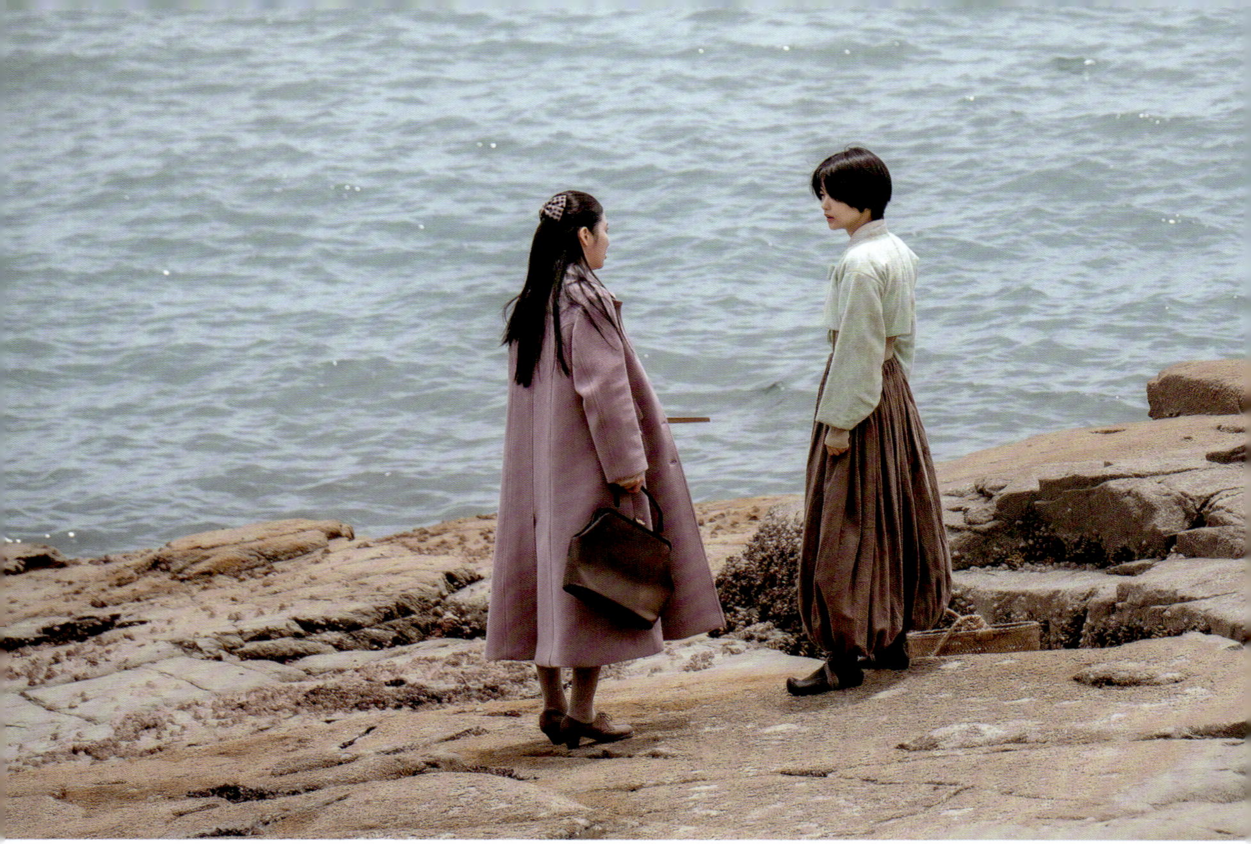

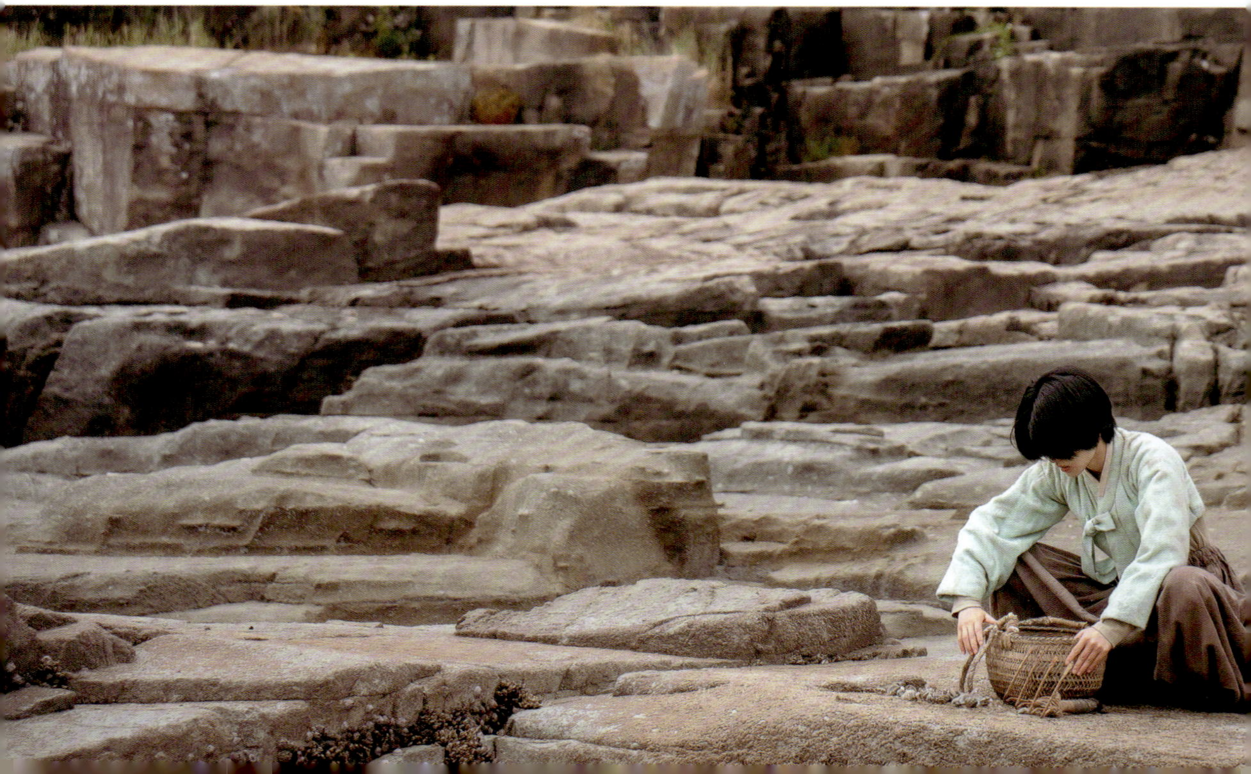

앞으로 평생 소리도 안 할 거고
국극도 안 할 거야?

인자 소리는 처다도 안 보고
듣지도 않을 겅께.

349

넌 지금도,
앞으로도
혼자 남을 일 없어.

네가 다시
무대에 설 때까지
언제까지고
널 기다릴 거야.

갈까부다
갈까부다
임 따라…

◉

낭군을 찾으리라
눈물 젖은 소맷부리 끊어내고
일편단심 혼인맹약

◉

삼수갑산 범이 되어
용맹무쌍 떨치어
애기님을 기다리리다

세상 풍파 고단하여
우는 이 많다지만
말해 주오, 우는 이여
어찌하여 애달프오

오오오 오오오
우리는 가네
사바세상 잊고 가네
차고 습진 세상 떠나

공주님 모르시는
영원으로 가네

정년이 넌
뭣으로 빈 소리를
채울 거여?

나라믄
눈물로 채우지
않았겄냐.

추월은 만정허여
산호주렴 비춰들제
청천 외기러기는
월하에 높이 떠서
뚜루루루루루

지금부터는 우리가 옥경 선배 자리를 대신하면 되는 거야.

주란아!

매란국극단 건물을 팔라니?

이리 오너라
업고 놀자

◉
추월은
만정하여
산호주렴
비춰들제

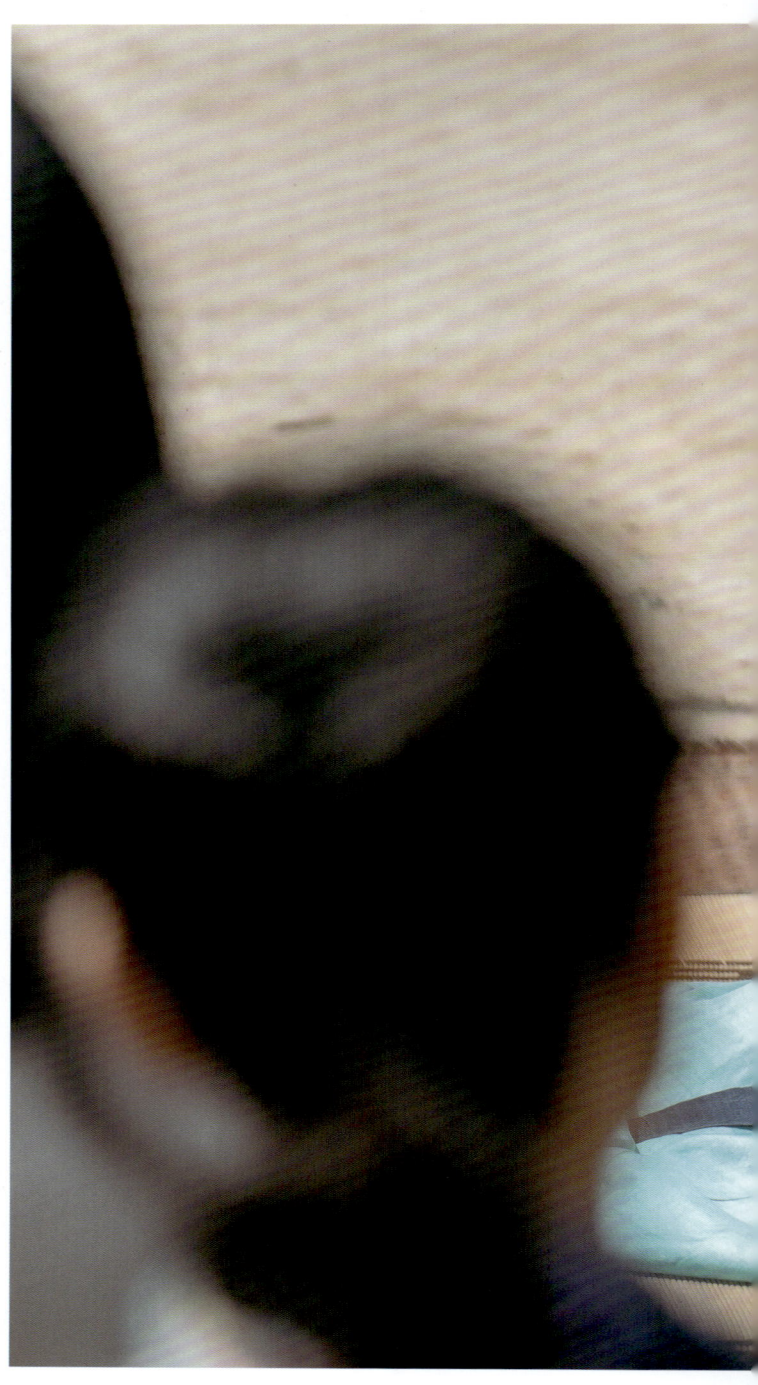

아사달님

부디… 저를 찾아와 주세요

이 아사녀는 오매불망 기다리고
또 기다리겠습니다

잘 살라는 말 같은 건 모대조. 넌 맘 편해지믄 안 대니까.

잘 있어, 정년아.

내 하나뿐인 왕자님.

우리 〈쌍탑전설〉
잔뜩 기대하고 있어요!
새로운 왕자님이
탄생할 거잖아요.

천신만고 끝에
석가탑 완성하고
달려오니

◉
죽은 아내 신
한 켤레가
나를 반기누나

공주님 부르심으로
정다운 고향 땅 떠나
서라벌에 당도하니
불사만 보았다

헌디 서라벌이 내게
뭣을 주었는고?

정년이가 새로운 왕자예요.

석가탑이 완성될 날이 머지 않았어.

이 탑만 완성되믄
백제로 돌아가
아사녀를 만날 수 있네!

◎

나의 아사달
그리운 아사달
억겁 세월 윤회전생
당신을 만나
다시 만나도 내 사랑
다시 태어나도 내 지아비

아장아장
아장아장
내 아내
고운 두 발
삼도천을 건너네

출연	김태리 신예은 라미란 정은채 김윤혜
	우다비 이세영 현승희 정라엘 조아영 장혜진 류승수 오경화 민경아
	채제니 박상아 장해민 강채영 김규리 김소하 김은비 박시현 백서연 유하영 윤지아 이서아 이솔잎
	이영아 이예성 임은별 조세빈 황지아

특별출연	문소리 이덕화 강지은 오대환 김태훈 이미도 이민지 우미화 장희진
아역	이가은 최정운 최소율

기획	CJ ENM CJ ENM 스튜디오 드래곤 by CJ ENM STUDIO Dragon
제작	스튜디오엔 STUDIO m 매니지먼트mmm mmm 앤피오엔터테인먼트 npio

책임프로듀서	김선태
프로듀서	이세희 박헌주 허석원

극본	최효비
연출	정지인
원작	네이버웹툰 <정년이> 작가 서이레 / 나몬
	Based on the WEBTOON Series <Jeong Nyeon> by Seo Ireh, Namon

| STUDIO DRAGON by CJ ENM | STUDIO Dragon

기획 장경익 유상원 책임프로듀서 김선태 프로듀서 이세희 박헌주 허석원 콘텐츠유통 최보연 김은길 콘텐츠전략 이주영 박나래 민지현 선서영 이보현 윤채희 IP소싱 강나연 박슬기 이수지 공 준 콘텐츠사업 유봉열 김지은 박소희 제작관리 윤석욱 이미정 최민영 Budget Manager 임유라 이승원 김지연 장봉국 마케팅대행 [해냄커뮤니케이션] 이상문 김하늘 사업지원총괄 오광석 재무총괄 장성호 재무 조규희 구샛별 정원용 사업기획담당 정선화 사업전략 박예은 양동민 사업관리 김송래 송용륜 이힘찬 임재이 VFX 서현석 박 휜 김보경 홍보/마케팅 윤인호 원설란 임수영 김준홍 법무 박지혜 오혜진 이창우 안전관리 이진형 박광희 노무 이하림 심의 김하이

| CJ ENM | CJ ENM

총괄기획 홍기성 채널사업총괄 박상혁 콘텐츠전략 박정연 이하림 진지영 이윤경 서영평 지아혜 채널운영 진종욱 김영은

윤인환 이효연 김선아 운행 손지영 박하린 이예은 이송이 정유민 이형규 편성제작 유정민 최수빈 콘텐츠유통총괄 서장호 매체사업총괄 김정두 사업기획담당 김영호 채널운영지원 최민화 김보라 이재원 방송심의 이지나 이재희 이신혜 장강민 김소영 김아름 마케팅 담당 구자영 마케팅 강옥경 남경인 이상훈 최정원 박지연 김해인 조미경 디지털 마케팅 유승만 서현정 장지영 박찬미 김윤희 장세인 윤수연 김서영 정마리 이은우 장은석 채널브랜딩 강옥경 이지연 강솔미 최정원 김금비 조부희 권정아 김혜연 채승희 김민정 이새아 이미영 김혜민 미디어 브랜드디자인 강유혜 고동환 김윤경 장현욱 박선아 하늘빛 장덕재 이환희 해외세일즈 김도현 정혜윤 안유나 정지인 해외마케팅/재제작 이남주 장세희 임주희 임세빈 조건호 서하승 신현희 김현성 OST콘텐츠사업팀 김정하 양윤승 홍보총괄 전성철 홍보책임 안미현 홍보 김해리 홍보대행 [더 틱톡] 권영주 조이향 반정민 장예빈 법무지원 정동완 차아름 함선미 양동구 정진환 정다솜 이경원 정하연 SNS기획운영 [프리엠컴퍼니] 김혜림 정민희 안은미 정선아 우미나 나예진 김준호 웹 기획운영 김은지 오남경 이유림 포스터 촬영 [ART HUB TEO] 포토 안주영 티저 촬영 [시네마구락부] 감독 박진영 스틸 [청춘갈피] 박영솔 메이킹 [청춘갈피] 손성진 변미현 박시현 메이킹 편집 [청춘갈피] 박규원

| 스튜디오 엔 | STUDIO🅜 |
제작 권미경 기획총괄 이정연 제작총괄 장서우 마케팅 차세리 사업기획 구소영 장소원 사업관리 김주현 이성원 김채린

| 매니지먼트mmm | m̄m̄m̄ |
제작 김상희 기획총괄 이창호 회계/경영지원 이태영 이연화

| 앤피오엔터테인먼트 | npio |
제작 표종록 기획총괄 강라영 제작총괄 김도균 황상길 제작PD 이다운 김규동 김재호 기획PD 최라인 라인PD 정설봉 회계실장 박미현 제작회계 정유나 김미선 회계/경영지원 이경은 김민선
촬영 빈태환 김우성 촬영포커스 최선호 김상진 촬영팀 김종서 최민준 최은빈 김승경 이종석 홍동근 촬영장비 [캠하우스]트리니티 최선호
조명 권준령 조명1st 김선진 조명팀 이도욱 이기창 고경모 최수호 차윤경 최인영 발전차 권승현 추가발전차 권상현 안덕언 김기범 조명크레인 조근영 그립 박정희 그립팀 윤준상 이승환 지민혁 이창영 동시녹음 정기철 녹음팀 정호용 안상현 D.I.T [Concrete Media Lab] Technical Supervisor 박장근 Digital Imaging Technicians 정보성 조혜빈 Digital Utility Technicians 장세은 권예지
미술 한지선 아트디렉터 윤이나 이은성 미술팀원 한다예 권예인 김우미 이동미 김동하 세트 [스튜디오사람들] 양홍삼 세트제작감리 정경우 한가람 세트팀 박석희 성지훈 촬영진행 김지현 우임제

소품 [더공간] 최병욱 인테리어실장 최동수 인테리어팀 최민우 이보현 김현준 박인성 정하진 서영웅 소품실장 김지호 소품팀장 반민정 소품팀 권민지 이민욱 스타일리스트 전승민 푸드팀 하리라 소품지원 이봉우 강원선 박경환 이미지 진행차A 임병조 진행차B 신호식

의상 [곰곰] 조상경 의상실장 허유희 의상팀장 이눈솔 의상팀 천근영 이은지 김초현 의상제작팀장 함진희 조하늘 무대의상 문혜린 워드롭B팀실장 정의한 현장지원 남수현 장윤경 의상제작팀 김범수 무대의상제작팀 채조은 안다빈 정다영 원진주 전건영 유애나 테일러 [bourie] 조은혜 양장제작 이승덕 이영미

분장/미용 [MBC아트] 분장 우영란 윤병택 김유주 원수현 장수민 분장지원 김혜인 이서현 최보배 미용 이은정 박규리 김선경 강미서 한혜린 미용지원 최정미 김새봄 류지은 전찬이 이보람 이승아 남혜리 가발 이진아 미술행정 우설아 무술 백경찬 특수효과 [몬스터] 박신배 최용준 이정민 서민규 특수소품 [율아트] 특수차량 [카해피] 김영동 임선근 캐스팅 정현숙 아역캐스팅 노태민 이준성 보조출연 [케이에스콘텐츠] 이상완 박성혜 스토리보드 이규희 국극그림작가 장봉국 사투리자문정 수정 현대사자문 오승진 조원숙 서예자문 및 국극대본 인증 이정화 이미지출처 양해남컬렉션 국립고궁박물관 국립민속박물관 국립중앙박물관 국립지도박물관 Gallery Hyundai 대한민국역사박물관 Paramount Pictures 소리감독 권송희 소리지도/소리녹음 노해현 김소진 신유진 안무감독 이이슬 조안무 김다연

| 극중극 무대 | 공연연출 박민희 공연조연출 조수빈 무대디자인 정승준 무대디자인 어시스턴트 채하늘 조명디자인 서가영 무대감독[A for A] 김상업 무대크루 문주원 최상석 이은석 유성엽 이영규 김강민 김 영 박승완 극중극연기지도 조 은 작창 권송희 안이호 김유라 최수인 길현영 정은혜 가이드녹음 유은숙 가이드촬영 서지원 강나현 김은경 황보나 홍한나 여성국극자문 조영숙 이옥천 정은영

편집 [쿨미디어] 조인형 임호철 [인타이틀] 김우일 편집보조 최효석 이의환

DI [WESTWORLD MAGIC] 최은석 김형석 VFX [WESTWORLD] 손승현 이정문 허동혁 민선혜 음악 장영규 음악 슈퍼바이저 이병훈 음악효과 서성원 작곡 장영규 이병훈 김지영 김 선 김태결 최 영 HUKKY SHIBASEKI 최이재 Spotting support 박준철

Sound Supervisor 유석원 Sound Design 김병구 배상국 허정현 김수남 조해리 Dialogue 김용회 서가흔 Foley Artist 허정현 Foley Recordist 노의담

AI Voice & Sound Solution [Supertone.inc] Project Supervisor 이교구 이승복 Voice & Sound Producer 이영국 이수봉 왕환웅 원성준 Content Biz Development 추교선 이꽃비 AI Tech Support 허 훈 최형석 이주헌 Jacob Morton 성두용 이지환 신찬엽

종합편집 [알고리즘 미디어 랩] Director of Department 조희대 Technical Supervisor 김경희 Digital Mastering 정수연 예고/하이라이트 [스튜디오 브리브] 오상환 이재롱 내부조연출 김예현

대본 [명성인쇄] 이세희 스탭버스 [굿모닝] 박상남 이윤지 봉고배차 [한울미디어] 연출승합 김대호 A카메라승합 [감성

미디어] 박영민 B카메라승합 [감성미디어] 이정로 의상버스 [개숙이네버스] 정의한 유승모 의상탑차 [그린아트] 김상원 분장버스 [크레비즈] 정석민 김승배

로케이션 [RQ] 라일운 박성준 김태희 SCR 송경미 진행 김정연 양석주 홍예린 신용국 조연출 백수영 박선영 유지원 방승민

| 장소협조 |

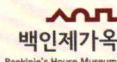    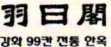 

 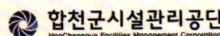 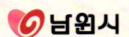  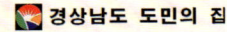

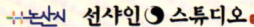  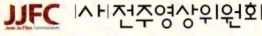

| 촬영협조 |

  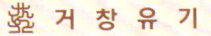 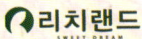

정년이 포토에세이

초판 1쇄 발행   2024년 12월 20일

지은이   스튜디오 드래곤
펴낸이   김상희

편 집   최은정
디자인   이새미
마케팅   이재영 이수일
관 리   김근혜 최원준
제 작   이지프레스

펴낸곳   BIRDBOX
주 소   경기도 고양시 일산동구 정발산로 24 웨스터돔1 910호
전 화   031-935-4577
팩 스   031-943-1543
등 록   2019년 4월 8일 제 406-2019-000034호
ISBN   979-11-984091-0-2 (03810)

BIRDBOX는 주식회사 콘텐트리의 단행본 브랜드로 다양한 K 콘텐츠 책을 펴냅니다.
이 책에 대한 의견이나 오탈자 및 잘못된 내용에 대한 수정 정보는 주식회사 콘텐트리의 홈페이지로 알려주십시오.
홈페이지 https://korea.contentree.fun/